정지된 시간, 가볍게 덮어놓을 찰나의 순간에 쓰는 詩!

물소리를 듣는 이끼

김시은 시집

 작가마을
도서출판

물소리를 듣는 이끼

김시은 시집

초판인쇄 2018년 12월 10일
초판발행 2018년 12월 20일

지은이 김시은
편집주간 배재경
펴낸이 배재도
펴낸 곳 도서출판 작가마을
등 록 (제2002-000012호)
주 소 (48930) 부산시 중구 대청로 141번길 15-1 대륙빌딩 301호
　　　　전화 : 051)248-4145, 2598 팩스 : 051-248-0723
　　　　메일 : seepoet@hanmail.net

정가 / 9,000원
2018 ⓒ김시은

국립중앙도서관 출판예정도서목록(CIP)

물소리를 듣는 이끼 : 김시은 시집 / 지은이: 김시은. — 부
산 : 작가마을, 2018
　　p. ;　cm

ISBN 979-11-5606-117-5 03810 : ₩9000

한국 현대시[韓國現代詩]

811.7-KDC6
895.715-DDC23　　　　　　　　　　CIP2018040746

본 도서는 2018년도 부산문화재단 지역문화예술특성화지원사업으로 지원을 받았습니다.

물소리를 듣는 이끼

김시은 시집

시인의 이야기

계절의 마디마다 꽃이 피고 진다
바람 속에 터지는 아픔은
사시사철 눈물이다
충분히 보낸 계절은 정말
보람을 느꼈다
두고두고 쓰는 물건에 애착을
느끼는 것처럼 시는 아픔을
성숙시키는 풍성한 수확이다
겨울이 오고 있다

|차례|

시인의 말

제1부

제2부

제3부

제4부

제 1 부

오브제

감각 잃은 감정에는 순서가 없다
감나무에 매달린 감나무를 이고 저도
가을은 가고 겨울은 온다
유선형의 전기코드는 접혀도
불이 오고 있다
접혀야 되는 사물들이 소리를 낸다
삼십 분의 일 확률이
백분율의 승자가 되기도 하고
높이가 낮아지기도 한다
대응하는 유리그릇에서 소리가 난다
진열되어 있던 유리잔
버티는 안간힘
줄임표를 넣어도 그 사이즈
한 해가 가면
흐리거나 맑은 날이 눈을 뜨고
낮달을 보며 반달을 기다리지

빗길에서

자비 콜택시가 가랑비 사이를 헤집고
신호등 불빛 색깔을 무시한다
손님이 손을 흔들어도 그냥 지나친다
자비는 동정심이나 연민이 아니다
나른한 오후 시간에 쫓기는 자비
자비는 달리는 자비다
우산을 쓰고도 비를 맞는다
뉘엿뉘엿 저무는 식탁에 앉아
밥을 먹는다 맛있게
어둠이 오고 불빛도 보인다
자비는 버릴 땐 버릴 줄 안다
자비 택시는 현명하다
그런 사람만 골라 태운다
자비는 오늘도 팔차선 너머에서
불을 밝힌다
자비가 환하다
손을 흔들었던 나는
환한 자비를 놓치고
어둠 속을 건넌다

밥 먹자

사람들 모두 곱게 잠들고
어둠에 갇혀 꿈조차 잠들 때
엄마는 새벽을 가르며 일어나
밥을 짓고 있었지
희망을 만드는 사람이 되라고
슬픔을 사랑하는 사람이 되라고
희망밥상에 앉혀놓고
밥 먹자 하셨지
절망도 아닌 이 절망의 세상
슬픔도 아닌 이 슬픔의 세상
밥 먹자고 살아오셨지
우리에게 밥 먹는 희망을 키워주셨지
밥 먹자 소리는 즐거운 소리였지
삼시세끼 밥 먹자는 소리는
푸른 하늘 위로 바람 타고 올라
메아리 되어 들려오는 소리였지

애들아!
밥 먹자

돌김이 담긴 그릇

아침 밥상 둥근 모서리에 얹힌
돌김 청청바다를 건너와
바싹 마른 김으로 식탁에 앉았다
바다빛깔을 말린 검고도 푸른색
파래향을 풍기며
환하게 보이는 푸른 물결
바다 향내를 쏟아낸다
언제부터인가 깡마른 돌김
밥상에 단골메뉴로 올랐다
흑백의 논리를 내세우지 않는
빛깔 돌김이 가진 이 작은 욕망
얼마나 단조로운가

바다 향내가 사람의 그릇에 담긴다

아침 식탁

아침은 풀꽃처럼 돋아나고
햇살에 깨어난
식탁 아래 모여 살던
미세먼지는 깊은 잠에 빠져있다
외로움이 천장에서 내려앉는 그 느낌처럼
단절된 빈자리 앞에 김이 모락모락 오른다
참치찌개 뚝배기 그릇 앞에
삐긋거리는 햇살, 부어오르는 아침밥상
두툼한 속살과 입맞춤하는
햇살처럼 잇닿아 가득 부풀어 오른다
얼마나 부드럽고 부드럽게 흘러내렸던지
입속에서 중얼거리는 숟가락
물 머금은 입술이 햇살 쪽으로 향한다
뜨거운 밥 한 술
목구멍으로 넘어가던 물 한 모금
몇 모금의 슬픔은 어디서 왔는지
햇살이 빛나는 식탁에 모여 재잘거리고 있다

마침표를 찍었다

눈먼 물고기 한 마리
바다 한 가운데 떠돌아다니다
피래미 한 마리를 물었다
몇 초 뒤 아니 몇 분 뒤
눈먼 쥐고기 한 마리는
파도가 키보드라도 되는지
거세게도 거세게 두드리고
낚시 밥에 물린 피래미
잦은 입질에 파도를 타다가
짜디짠 바닷물, 잠수복 차림으로
가여운 입질을 해대고 있었다
하얗게 떠다니는 포말들
우여곡절 끝에 살아남은 쥐고기
어떤 세상에서 왔기에
지울수록 새로운 삶
마침표로 끝나기 싫어
딜리트 키를 누르다
이윽고 마침표를 찍었다

달에 걸린 구름

어둠 속에서 궁리 하던 초승달
자유롭게 떠나는 삶을 꿈꾸듯
은하수 가까이 어둠의 집 한 채 걸고
아득한 일상을 보여 주고 있다
보이지 않는 옛집 사이로
하얀빛을 비추던 초승달
그 부지런한 움직임 틈새
아픔을 감춘 그리움처럼
아무도 들을 수 없는 속엣말
제 몸에 깊이 잠재웠다
적막한 어둠으로 기울어지며
아득한 꿈을 날려 보내고 있다
길을 헤아릴 수 없는
달은 서쪽으로 기울어진다
새벽으로 가는 길이었나
지붕을 밝고 가던 초승달이
하늘을 가로질러 움직이는
구름을 가로채고 있다

칠월은 저녁이 붉다

앞서거니 뒤서거니 좌표를 긋는
달력에 묶인 붉은 숫자들
까만 점을 찍는다
서로 겹쳐진 만삭이 된 붉은 숫자가
날개를 털고 있다
까만 점 한 마리 오솔길로 고개 돌리고
또 한 마리 무거운 짐 들고 언덕을 넘는다
비탈에 서 있는 나무에 가쁜 숨소리가 들린다
까만 점 한 마리 우두커니 벽에 걸렸다
한 나절 울어대던 붉은 숫자는
알을 낳을 곳을 찾아 자리를 옮긴다
언젠가 와본 적이 있는 낯익은 나룻터에서
몸을 푼다 구겨지는 물결을 따라 느릿느릿
보이지 않는 물결 너머 팔월의 저녁이 붉다
안으로 눈뜨는 까만 씨앗들
저미고 저미며 틔워낸다

게시판 레시피

블루베리 머핀 아래 중력밀가루 이백 그램
베이킹파우더 분유 아몬드 분말 버터
크림치즈와 설탕과 계란 럼주가 들어간다
블루베리필링이라 적힌 붉은 꽃이 힌트다
가루체질 하고 날아가는 가루에 치즈향기가
스며든다 버터를 녹이고 설탕을 녹여 계란
노른자와 흰자 럼주, 마침표가 보인다
하얀 밀가루는 옷을 입히지 않아도 보이는
반죽이 된다 믹스된 머핀 꽃 재료들이다
게시판 한 가운데에 그려진 별들이 사방으로
날아다닌다 잎사귀도 되고 꽃잎도 되어 핀다
설탕만으로 요리를 하지 않아도 달콤한 머핀
부드러운 향기가 은은하다. 적당한 관찰과
타협이 만들어낸 머핀들이 가지런히 줄서기를
한다 얼음 꽃이 된 머핀, 온기를 갈망한다

바코드

바람에 엉클어진 머리카락
모자이크가 남긴 숫자
검은 줄무늬 통가발이
참 신기하다
생태 발자국이 점점 커지고 있다
오염된 곳에서
실타래 같은 엉킴으로 숨어
바닷가 썰물 때 오는 파도
부서지는 모래를 밟고
당당하게 기호학을 열거한다
무척추동물들 그것을 먹고
웃기도 하고 울기도 하지
지렁이처럼 꿈틀거리던
손에 묻은 지문은 흙색이다
몸은 점점 짧아지고
주머니는 점점 커지고
이름에 따라 분류되는 신분상승
사기의 대가다 생산자는 그것을 보고
흐뭇하게 웃으며 일어나

밤낮을 지새우기도 한다 자유롭게 문명을
부르는 숫자가 된다

쇠비름 전설

꽃의 약속은 씨앗에 있다
더위에 지친 불볕 속에서
새싹 잎들이 반짝이고 있다
한해살이풀이 가진 두툼한 입
길모퉁이 시멘트 틈에서 중얼대고 있다
문지르면 문지를수록 빨개지는
뙤약볕에 온 몸을 담아 싹을 틔워
한 해 동안 네 번의 몸살을 앓는다
한해를 살다가도 복사된 삶을
살지 않는 통통 튀는
가뭄에도 마르지 않는 쇠비름
익어가는 햇살에 꽃이 만개한다
햇살에 젖빛 정액이 터져 나온다
바람에 실린 햇살에서 풋내가 난다
홀로서기가 힘겨울 때
자물쇠로 채워진 마음에
문을 여는 열쇠가 된다

퇴근길, 꽃집을 지나다

꽃집을 지나다 그 집
앞마당에 뿌려 놓은
막걸리 한 사발에
미끄러졌던 내 발바닥
운이 나빠 앞마당을 비껴가지 못했다
한 번도 뜻대로 피어보지 못한 꽃
노을을 등진 꽃단장한 얼굴에
하늘거리는 치마를 입은 여자
일회용 화분에 향기를 묶었다
꼬리를 흔들며 바람을 잡는다
DC 해준다며 놀고 가라고
뿌리를 털며 그 남자 몸을
붙잡고 늘어지던 꽃
진열대 뒤편 유리창 너머가
거울인 듯, 입술에 꽃잎을
그리더니 플라스틱 의자를
제 쪽으로 가져간다

차이나 부채

작은 바람을 소리쳐 부르는 환한 반란!
버스 정류소 벤치에 앉은 할머니가
옹이들이 별처럼 붙어 있는
백옥 같은 하얀 꽃을 안겨놓는 부채는
하늘을 타고 있는 구름을 보는 부채다
구름이 발자국을 옮길 때마다
솜털구름에 가려 보이질 않고
하늘로 가는 바람만 사라진다
자동차 소음과 공해 소리에 동공이
커져만 간다. 하얀 모시적삼에
바짓가랑이 사이로 바람을 싹 틔우고
날개짓 하던 빗살에서 불던 바람
차이나 바람인가, 여름 땡볕을 쫓아내고
바람 부딪히는 소리들
너무 아득하다

슬림한 복부

참새가 기차 길 담벼락 사이로
오물을 갈기고 두리번거린다
눈빛을 번득거리며 날아간다
넝쿨이 우거진 잎사귀에 나붙었다
난간과 난간 사이로 사람들이 지나가고
나는 복부 마사지를 한다
밀로의 비너스처럼 부드럽게
의식 없이 저질러버린 행위
담장 아래 여름공기를 삼킨다
모래알 같은 먹이를 쪼는 참새
기차가 지나는 길로 날아간다
허리를 이완하며 비발디를 듣는다
스치는 가지마다 달린 참새도
목 운동을 한다 날개를 접는다
복부근육이 자리를 편다
한계점에 점을 찍어며
내 모습을 훔쳐보는 중이다

숙제하던 날

숨죽였던 말들이 소리를 내는
마네킹을 본다
흔들리던 마네킹 팔에서
소리가 퍼진다
거리에 고요가
불빛에 사라지고
저잣길 골목에서
갇혔던 자유가 퍼진다
내면에 숨겨둔 단어들이
퍼즐을 맞추며 혼란스럽다
저렴한 값에 푸짐한 메모지
글들은 아래위 건너편을 지나
숙제하기 좋은 낙서장이 된다
하나의 노트 아래로 책장이 넘겨
지고 인형극을 보고 있는 상상을 한다

제 2 부

벽시계

먼 불빛이 비추이는 나의 좌우명
밑바탕에 깔린 꿈결에도 째깍거리며
눈꺼풀 움직임 따라 가늘게 떨던 분침의 소리
한 나절 내내 겹쳐있던 바늘 눈금이
몇 걸음 가다 되돌아오는 열두시 일 분
사과모양 걸고리에 꽃무늬 집을 걸어놓고
정지된 시간, 가볍게 덮어놓을 찰나의 순간
가난한 시간들이 돌아눕지 못한
창밖 기웃거리다 그냥 그렇게 흐르던
발가벗은 얼굴에 묻어나는 미세한 먼지 사이로
알카라인 건전지 먹고
백발백중 신나는 명중이다

A가 B에게

닉네임 돌쇠 씨가 안부인사로 붙인
그림엽서에 산 언저리 식물성 풀씨
그리움 가득한 풀씨로 안부를 전한다
고무풍선처럼 탱탱하게 부풀어가던
안부마다 서로를 챙기던 짧은 시간
깜짝새 봄바람 날아가는 새 소리에
돌쇠 씨는 살금살금 이슬을 먹고
통나무집 펜션 101호 창가에서
사락사락 갇혔던 풀씨 소리는
이팝나무 하얀 마음처럼
참을 수 없이 보듬고 싶었던 마음
후박나무가 서있던 물건마을에
목 고개 빠지도록 그리운 기다림
소곤소곤 돌쇠 씨가 풀씨에게 건네주는 말
잡초사이를 비집고 돌아오게 풀씨야!

겨울 구름

회색얼룩이 하늘에 떠돈다
강물에 얼어붙은
세상을 물끄러미 점찍기도 하고
햇발에 눈치 보던 구름은
싱거운 하품을 하다가 사라진다
육안으로는 가릴 수 없던 구름
새벽이슬처럼 사라지고
꽃샘바람을 저만치 두고 어디쯤
사라지다가 다시 뜬다
늘 차갑게 흘러가던 고요와
몽글몽글한 얼룩 저 점들을
지우는 바람이 일다가 바람에게로 간다
어둑한 하늘을 떠돌던 저건
바로 겨울 구름이었다

복식호흡

붉은 기운이 심장으로 돌아가는 길에
제강노인요양병원에 입원한 할머니를 만났다

편안한 마음으로 이야기를 하는 동안
횡경막이 이완되어 배에 고인 피가
돌아가지 못해 동굴을 파고 있다

등뼈는 삐걱삐걱 소리를 내고
지난 세월을 쏟아내고
흰 머리카락에도 진한 시간이 묻어나고
벗어 던지지 못한 환자복에서 숨소리가 들린다

서로 얽혀있는 생사의 갈림길에서
내남없이 중요한 오늘을 찾아 복식호흡을 한다
할머니는 지금 요가 수련 중이다

삐꺽거리던 서랍장

안전 불감증을 앓는 한쪽 모서리에서
판자촌 뒷골목에서 들리던 소리 들린다
바이올린 연주 자세로 굽었던 딜레마
손때 묻은 자주 빛 얼굴을 내밀며
옹알이 소리로 흔적을 남긴다
천천히 그래서 질긴 고무처럼
부정 본능 유전자를 가진 나무였지
햇빛 비추지 않는 먼지를 머금고
안전벨트를 풀고 낮잠을 자고 있다
마침내 항아리를 옮기듯 조심조심
엄청 가벼웠다 오랜 수행을 마친
묵혀놓은 순수한 나무에 감춰있는
펑퐁처럼 올라가던 곰팡이 냄새
악보가 그려지고 신뢰받지 못한
서랍장에서 피아노소리 들려온다

빨랫줄, 허공에 걸린

발목을 움켜진 집개들
손목에 걸려 놓은 집개와 바지랑대
익어가는 햇살을 먹고 있다
익어가는 햇살도 발목에 걸린
소매 끝에 벼랑이 걸린다
말려둔 우거지처럼 길게도 걸려 있다

바싹 마른 발목을 잡고
빨랫줄 허공에 걸린 옷가지들

가벼움은 온 몸에 각질처럼
세차게 부는 바람에 날아가고 있다
햇빛에 한 번 더 무게를 달고 있다
아무것도 달지 못하는
바람이 오며가며 눈치를 본다
집개 자국 몇 개 남기고
어떤 바람은 개키고
어떤 바람은 털어내며

허공에서 누릴 수 있는
가벼움을 찾아 간다

덧없는 주문

밥을 먹지 않고도
배부르게 살 수 있는 것은
생각을 하지 않고도 지나간 과거는
나이를 먹고 살아 가는 그 것
허둥지둥 지나쳐버린 그 시간에
초침과 시침은 스쳐 지나가지
덧없는 주문은 강물이지
주문과 주문사이로 날카로운 운치
일인칭과 이인칭 사이로
주문들이 도덕적인 선택을 하고
주머니에 있는 동전이 짤랑이며
아쉬운 단어들은 자라고 있다
영수증 폐지를 버리니
길을 잃은 허공에서 돌다가 다시
돌아오듯, 덧없는 주문
향기와 뒷말을 즐기며 머무르는 아침

팔팔 끓고 오 분간

바스락거리는 라면 하나
끓는 물에 넣었더니
꼬불꼬불한 면발
가늘게 떨며 부딪쳐왔다
풀렸다가 채였다가 하면서
분말스프 머금고 가라앉더니
파마머리처럼 뒤엉킨 그것이 아주
천천히 가벼워지는 것인지
양은냄비에 풀린 면발
꼬불꼬불 한 가닥 실은
목숨보다 질긴 줄 당겨지고 있다
상처에 곪은 면발들
가는 명줄을 틀어쥐고
퉁퉁 불어가던 살결에
상처는 그렇게 아물고 있었다
공기가 주는 숫자를 더듬어
팔팔 끓고 오 분간

동상이몽

갈색머리 두 줄로 묶인 방울을 달고
엄마 손을 잡고 걸어가는 아이
머리카락이 짧은 할머니
흑갈색에 염색냄새를 숨기고
흰색머리가 풀리도록
표출될 길을 찾고 있다
켜켜이 층을 이루던
파머 머리가 바람에 날리고
자아의 검열에 걸렸던 목마름
길을 잃었다
잠시 망설이던 발걸음
신발가게 앞에 선다
문을 열고 들어가다 말고
밀감을 팔고 있는 곳으로
시선을 돌린다
꿈을 꾸었다

누가 어떤 진화에 대해 말했다

많은 결핍들이 진화
할 수 있다고
사라졌던 것들의
자취에 그 씨앗이
담겨 있다고
존재는 분명한
것들로 인해
소통할 수 있다고
존재와 소통
바칠 수 있다면
세상을 가꾸고
세상을 이어갈 수 있다고
누가 어떤 진화에 대해 말했다

칼집

싱크대 아래쪽 주방식기 위치는 바뀌어도
왼쪽벽면이다 집은 나란히 모여있다
효소 음료를 만들 때 부드럽게 잡히던
칼집의 손잡이는 곧게 서 있다
청정지역에 있는 미역과 다시마를 쓴다
손아귀에 걸친 넓적한 칼
손잡이는 길다 물기를 머금은 그릇은
수세미로 닦는다 바다 냄새가 짙다
세상 보는 방법이 바뀐 벽면에는
왼쪽과 오른쪽이 한 방향의 비율로
벽면에 서 있던 칼집도 서열이 있어
유연하다 싱크대 어둠속 벽면에서도
숨을 쉴 수 있다는 것은 칼집들의
우열 순위가 없기 때문이다
싱크대 벽면 어둠을 먹고 사는 집은
선후가 바뀔 수 없는 열쇠이기도 하다

촉각과 미각사이

반려견과 참새
혼돈 속의 미로
조율하던 피아노
파도와 강물은
가을축제의 흔적이다
꿈속에 먼지와 만남이
끊어진 인연을 엮는다
돌담길에 고층빌딩이
가오리연과 쌍년을 날린다
감각과 감정에 저울질을 한다
분침이 지나는 자리에는
어깨동무를 한 아이들이 있다
소리와 청각 중간 샛길 사이로
다이아몬드와 소금이 만난다
모두 친한 친구가 된다

오디

힘들다고 했다
검붉은 열매 작은 씨앗 속
둥금 나방 뽕잎으로 가린
달빛 그 보다 짙은 한낮 불볕 속
자주빛 눈빛이 익어간다
한여름 밤의 노곤한 꿈이
까맣게 물들어가고 있다
하루라는 세월의 나이테에
또 하나의 선을 긋는 저것
수줍게 몸 사린 도톰한 입술
어딜 가고 있다

바이오리듬

음식물 쓰레기통은 어제처럼 건조했다
쓰레기를 둘러싼 유산균은 어디로 갔는지
달력 속에 숨어 불빛도 없는 밤에
사라졌던 그가 다시 침묵하고 있다
맨발로 뛰어가 그를 반기는 일점오일
내일은 내일 오늘도 내일 글피도 내일이다
날아갈수록 빠르다 리듬을 따라 그 자리에
처음부터 없었던 것처럼 턱에 손을 괴고 앉아
있다가 없다가 하지, 허허로운 일상 허허히히
풍경 따라 달라지는 요일과 요일 사이로
비워두고 있는 빨강색들의 반란
슬프다

하얀 밤

미치고 싶은 별들의 리듬을 타고
몽골 사막에 누워 백야현상을
보며 별을 본다
독수리도 여우도 산다는 몽골의 새벽
게르 문이 열리는 소리가 들린다
어둠이 없다는 비밀을 푼다
내가 지나온 길은 온통 검은 밤
낙타의 울음소리
백마의 눈 감는 소리
낮 동안에 흔적들이
꼬리를 물고 여명이 밝아온다
풍경은 모두 하얀 별천지
잊을 리 없는 그곳에 풀빛
먼 그리움이 되어
펀칭기에 넣었던 티켓에
기억의 회로가 잠 못 이룬다

화순과 시은사이

초가집과 빌딩사이에
조은이름 작명소가 보인다
뿌리를 내리지 못한
이름과 이름사이로
시냇물이 흐르고
강물도 흐른다
도랑물도 흘러갔다
우리는 한 칸씩 밟는 사이
계단과 엘리베이트 사이로
비상구가 만들어 지고
비를 맞고 나면 슬그머니 좁아진
폭에서 혼돈의 시간이 온다
여기는 내가 있고 저기는 네가 있다
백발이 되어도 흔들리지 않는 사이

제 3 부

기지개 켜는 봄

계곡물 소리를 듣는 이끼
바위를 껴안고 자란 유품이다
산이 걸어가다가 물이끼에
주저앉는 날도 있다
봄날 기운에 지친 산은 한 동안
꽃이 피는 소리에 귀를 대고 있다
땅속에서도 들리는 소리가 있다
기지개를 켜는 산
돌틈 이끼가 몸을 뒤척인다
아직도 많이 가야한다고
산이 말하는 소리 듣는다

백련사 꽃봉오리

백련사 명부전 앞에서
발아래 떨어지는 꽃봉오리
지난겨울을 이겨낸 힘이다
미처 피어나지도 못한
해묵은 아픔에 걸려
텅 빈 문이나 두들긴다
동박새 울음소리로 두들긴다
이리저리 흩날리던 꽃의 살점
발아래 밟혀 숨죽인다
날아오르는 바람 따라
문과 문 사이로 몸을 감춘다
마침
말없는 명부전 앞
인적 끊어진 문 틈새로 날아오던
가볍게 흩어지는 풍장

꽃 피고 지고

봄바람에 태어났다네
연분홍 꽃구름의 태를 벗고
아름드리 핀 벚꽃 길에
내 삶의 첫 울음 데리고
한 세월 이어갈 나와 너의 길
걷다가 멈추고 피다가 멈추는
피다가 멈추고 걷다가 멈추는
한창 물기 오르는 꽃망울이 되어
바람을 타고 바람의 길에 높이 서겠네
한 세월의 끝으로 가는 길 두렵지 않네
가슴앓이 하던 밤도
꽃바람에 꽃이 되어 흩날렸다네

낙화 앞에서

하늘하늘 떨어지는 꽃을 본다
사람의 낙화는 꽃잎보다 못하다는 생각
꽃이 피기 전까지는 몰랐었는데
꽃망울이 한창일 때
꽃나무 그늘을 보고 알 것 같네
앞산의 벚꽃 올려다보며
뒷산은 먼 산으로 보이네
보이는 것은 마음에 둔다지만
보이지 않는 것은 더 깊은
꽃의 웅덩이가 되어 호젓하겠네

가끔 꽃이 지는 걸 본다
꽃은 꽃이라서 아득히 떨어지고
사람은 사람의 길을 간다네

비가 내리는 시간

빗길은 울음을 거두고 있다
애벌레가 나무껍질 속에서 숨어 있는
시간까지 허공에 걸린 울음도 거두었다
비 내리는 시간은 여유를 갖는 느긋함
어제는 비 오늘은 맑음 햇볕 한 줌
불행이도 음지에 있는 식물들이
청소를 하고 태풍을 기다리다 누웠다
불행 중 다행이다 거리 곳곳에 은행나무
목욕을 한다 향수를 뿌렸는지 쟈스민 향기를
풍긴다 여자가 지나간다 향수냄새를 풍기며
눈물을 닦는 잎들은 주름을 펴고 버스를
기다리는 동안 빛줄기가 지나가길 바란다
비가 그치고 하늘에 먹구름도 사라지고 있다
비가 내리는 시간 보이지 않던 것이 보였다

계절을 잃은 의미

봄을 보내는 한 줄기 잎사귀는
무슨 생각을 하면서 봄을 내주는지
마치 겨울 얼음 한 덩이 앉고
더위를 잃어버린 빗물이 맑다
눈앞에 펼쳐진 삶이 무엇인지도 모른 채
무모하게 흘러가는 조각난 뿌리들
모퉁이를 한참 돌아가더니 화분 아래로
이사를 한다 겨울에 먹던 동치미 국물같은
시간의 얼룩을 지우고 뿌리를 내린다
사람들은 우산으로 그에게 고개를 돌린다
발끝 스치며 그를 한 번 토닥토닥
색깔도 없는 옷에 물을 뿌리지 않아도
촉촉하게 담긴 온기는 작은 바람 따라
생의 집착도 초월도 잊고 흘러갔다
계절은 내 얼굴 아래로 그림자를 지우고 있다

달빛 아래서

핸드폰 벨소리는 자욱한 안개속이다
낯선 길목에 쪼그리고 앉았다
새삼스럽게 그 어떤 길모퉁이도
만들지 않았다 고요가 찾아든 여름 밤
모진 바람 같은 어둠에 내리는 장맛비
바람이 만든 빗줄기는 여물어
빗물의 씨앗 땅속에서 피어나는 풀꽃이 된다
한 바창 해일처럼 어둠을 넘나들고 있다
바람 한 자락 불면 휙 날아갈 풀꽃
어둠에서 길을 찾아 날아가다 미끄러지고
미끄러지길 다 시 한 번
달빛 아래 깔린 뒤척이던 숨결
흩어져 사라지는 세월이었다

장마

하늘이 잿빛으로 바뀌기 시작한
하늘과 땅 사이
소낙비가 지나가다 말고 멈춘다
폭탄세례를 받고도
가장 높은 곳에서 낮은 곳을 찾아
고이는 장맛비
일층과 이층집 사이를 오가며
막히며 돌아갈 줄 아는 길은
오늘을 살고 있는 우리에게
폭 넓은 지침서다
잿빛 하늘이 서러운 것은
당신의 생과 나의 생이 바뀌었기
때문이다
여름도 어쩌다 잠깐이다

계절을 잃은 날

요일과 요일 사이
겨울이 왔다 가고 여름이 온다
텃밭에 숨은 이야기 씨앗들은
더위에 지쳐 자라지 않는다
동지 팥죽이 끓고 있다 벌써
남쪽에서 서쪽으로
봄과 가을을 지나가고
그릇에 담긴 자주색 말들 소곤대고 있다
계절은 시간을 교체 중이다
입구와 출구가 분명하지 않아
비교되지 못하는 봄날에
빠져나올 수 없는 시간에 분침이
돌아가지 않고 서 있다
햇살은 구름에 걸려있다
새삼스럽게 보이는 은행나무

오물이라는 물고기에 대한 추억

지금은 사라진 옛 동네
두레박으로 길어 올려보던
어릴 적 강가에 추억이
시베리아 횡단열차가 지나는
호수 아래 햇살을 받으며
오물이라는 물고기가
바이칼 호수에 숨어
핸드폰 소리가 아침을 깨운다
이방인을 반기는 오물이
앙상한 뼈마디를 가르며
지나가다 누웠다
눈길을 거둬들이지 못하고 있는
내 뱃속에서
꼬르륵 소리가 들려온다

여름 언어

이마 위에서 무겁고 눅눅한 땀방울이
여름옷을 껴안고 있다
회전문을 열고
태양을 가로질러 가던
검은빛 하늘의 먹구름은
하늘 아래 화폭을 풀어 놓는다
아득한 하늘아래 수채화 한 폭을 풀어놓고
가까이 다가오는 매미소리들
부질없는 울을을 새긴다
밤바람이 뜨거운 도시
물여울처럼 투명한 계절이 아닌
빛바랜 시절 그림자를 끌어안고
스모그 길게 늘어선
가로수나무 아래
풍선처럼 부풀어 오른 개념들이
여름 얼굴을 닮아가고
머리를 늘어뜨린 여인이 서 있다

백로유감

여물지 못해 떨어지고 있던
무겁고 눅눅한 가을이
여름옷을 겹겹이 껴안고 있다
태양을 가로질러서 가던
눅눅해진 가을하늘에 먹구름이
흰 이슬 품어내고서
수채화 한 폭을 그려 놓았다
새파란 하늘 아래
멀어지지 않는 매미소리조차
부질없는 소리들
도시에 밤바람이 뚜거워진다
물여울처럼 투명한 계절
빛바랜 계절 그림자를 끌어당기고
둔탁한 공기에 길게 늘어진
가로수나무들에 우거진 곳일지도 모른다

물 나무

저장고에서 들리던 아우성 소리
수레바퀴 돌아가는 깊은 소리 들려온다
먼 파도소리에 움직임이 거세지고
둥근 입자의 기포들은 모였다 사라진다
몇 해 동안은 어둠에서 잠잠해져 있었다
침묵은 수 백만 개의 세포를 잃게 만든다
무한한 세계에서 가장 빠른 지름길 길목은
지장수 만드는 일이 끊임없이 계속된다
당신을 더 이상 황금빛을 사랑할 수 없게
만들겠다는 말은 그가 곧잘 꺼내는 말이다
그가 침묵 속에서 가끔 숨쉬기를 하는 일은
지렁이가 땅을 뚫고 다니는 것처럼 빠르다
하얀 얼굴은 매력 덩어리 백지처럼 깨끗한
고로쇠물을 찾아 가자고 한다
서로 멀리 떨어져 있는 분자들끼리 속삭인다
우물에 걸어놓은 두레박 내리는 소리가 들려온다

마름 열매

씨앗에 홀씨가
화분 틈사이로 숨어
물을 마시는 것을 보고 있다
장미축제가 끝나고
국화축제가 열린다
텃밭에는 지렁이가 기어간다
숨소리를 죽이고 있다
토분과 토분사이
눈이 내린다
벌써, 겨울
영하로 내려간 날씨
눈이 덮혔다. 봄이 온다
마름 열매가 눈을 뜬다

클릭! 클릭!! 클릭!!!

체코에 점찍고 아침밥
헝가리에 점찍고 저녁밥
폴란드에 점찍고 점심을 먹었다
슬로베니아 같은 강원도
오스트리아 같은 경주
페스트 지역의 국회의사당 조명
화려한 불빛에 리듬을 타고
빨강 노랑 파랑 노랑 황금빛이
블랙홀에 빨려들어 간다

제 4 부

뜬금없이

새벽은 어둠 속에서
그날이 그날 같은
기분전환을 위해 땀방울
허공에 몸을 담고 물로 뛰어드는
몸, 두 발로 서 있을 수 없다
소란스러움에 빠져 허우적거린다
새벽 종소리에도 희석 되지 않는
그렇다고 어두워지지도 않는
삶의 무게는 가볍다
눈앞에 어른거리던 집과 나무들
끝없이 분열을 일으키는 생각들이
멈추기라도 한 것처럼
아침이 문득 찾아오고
찌그러진 몽상만 맴돌고 있다

가로수

소리와 향기로 떨어져 내리는
맛과 감촉에서 오는 힘으로
몸통에서는 잎이 돋아나고
잘려나간 푸른 이파리는
신작로를 뚫고 달린다

편의점 앞 은행나무는
가야만 하는 길을 따라
푸른 팔을 흔들고 있다

부채 모양 사이로
황금으로 채색된 그림자
아프게 내리쬐는 햇살아래
늘 가득 차 있기를 바라지 않는
잔가지에 잎들이 가볍다

긴 유월을 보내고도
푸른 팔을 내밀지 못했는데
유월, 길이 훤하다

네비게이션

또 하루가 시작되는 아침
팔자걸음 해피 포인트로 맑은 눈을 가진
그것은 내 삶의 네비게이션이다
먼 마음의 구름조차 맑은 눈으로 보게 된다
업그레이드가 필요해
길을 바꾸어 놓아도 찾을 수 있는 그 길이 필요해
길의 주름에 찍힌 군더더기를 없애야 해
쉽게 찾을 수 있는 나를 찾아
마취약으로 찌든 얼굴을 버리고
눈꺼풀을 걷어 올리고
반응을 멈추고 업그레이드 할 시간
나는 지금 너무 쉬운 경로로 이동 중이다

사이좋게

반가워 고마워 앞으로 나의 시간을
열정으로 이끌어 줄 것 같아
고마워 반가워 매년 첫 날이면
세웠던 일 년 계획이
수표로 돌아가지 않게 만들어 주는
일들 중에 하나야! 정말
나를 그 복잡한 그곳을 데려다 주어
고마워 정말 고마워
어쩌면 너는 나를 관심 없는 말 속에서
핵심을 찍는 강사의 돈 버는 일과
돈 잃는 일을 배우는 것이라는
그 한마디 말에 꽂힌다 나의
약점을 잘 알고 있을지도 몰라
돈 버는 일도 돈 잃는 일도 아닌
나를 유혹하는 새로운 명칭을 다는
봄이 오고 가을이 온다
겨울은 점점 멀어지고 있다

빼빼로데이

세상살이가 답답해질 때면
특별한 날로 도장 찍혀 버린
편식적인 달콤한 유혹을 찾는다
빼빼로 만드는 공장으로 가는 길이다
내가 가보지 못했던 지구 반대편
에서 파는 음식을 사러 가는 길이다
뚜렷한 이유도 없이 기분이 좋아진다
작은 일탈이 정신적 안정을 준다는
믿음은 예수님을 찾는 것보다
부처님을 찾는 것보다, 성모님을
찾는 것보다 크다 창문너머 겨울이 오고
편견과 무지 사이로 바람이 불어온다
허수아비가 흔들리고 있다 그것도 잠시
까치 한 마리 산마루 식당을 지나가고
그윽한 맛과 색깔의 깊이를 그려내고 있다

2호선

닳은 발바닥을 끌고 오는 지하도
내려가는 발바닥 소리에 이따금
지하철 바퀴에서 들리던 숨찬 소리
숨소리가 가쁜 사람들 바꿔 말하면
양산 호포 동원 화명 덕천 장산
내선순환의 길은 어둡고 환하다
겨울비는 종착역에 무임승차한
외롭고 쓸쓸한 사람들을 환승시키고
백발노인 환승하려는 나 앞에서 그는
뒤뚱뒤뚱 고장 난 시계를 차고 있다
참깨자루를 보듬고 뛰어가는 침묵에
보잘 것 없는 낡은 호기심 메시지에
지하철 문이 스르르 열린다 참깨
나는 또 다른 시간에 어깨를
기댄다 생각보다 더 오래
더 편안한 소리를 듣는다
어색함을 버리면 동화될 수 있는

발의 가치

보이지 않는 곳에 서 있어야 편하다
산책을 할 때는 더 편하다 작고 크게
배꼽이 없는 그는 스트레스를 풀고 있다
몸과 마음에 빨간 구두가 늦잠을 잔다
세계를 누비며 지체부자유자를
두 배로 배려한다, 낯설지 않게
운전하는 직업을 천직으로 여기는
몸집에 작은 날개가 달려 움직인다
닐리리 맘보 만보계가 움직이면
누군가를 가리지 않는 들뜬 마음에
그 일이 크든 작든 빨간 구두를 신고
움직인다 그의 더 높은 자부심
짧은 이야기를 숨겼다
발마사지를 하다가 문득
발의 가치를 생각한다

깡그리 먹어 치웠다

거주지에 살면서 먹을 수 없는 많은 음식들
눈을 한 번 깜박이기 전에는 입에서 목으로
넘어가는 음식들이 무시무시한 탈을 쓰고
유혹하고 있다 오늘은 영 그램 내일은 뭐가
있는지도 모르고 먹어 치운 장어 한 마리가
뱃속에서 느긋하게 잠을 자고 있다 내일은
대장에서 소장으로 거꾸로 짧게 갈지자로
돌아다니겠지 입과 식도를 통해 들어온
음식들은 길을 따라 균형을 잃고 돌아가는 길
참 멀었다 햇빛을 포획하는 배부름이 좋다

쌀독

쌀 항아리 속 꾹꾹 늘러 앉은
항아리 늘 가득한 잿빛
숨겨둔 비밀이 가라 앉았다
햇살 한 줌이 아쉬운 묵은 쌀
마당 아래서 일광욕을 하고 일어선다
남은 싸래기 한 톨 구름을 따라
날아간다 구름 언저리를 지나가는 동안
자신이 산봉우리 몇 개를 오르던 것을
아는지 모르는지 바람을 따라 흩날린다
쌀을 퍼 담는 동안 눈을 반쯤 감고
비밀 하나를 푼다

베팅

먹고. 놀고. 싸고.
자고. 입고. 쉬는 동안
너무나 즐거운 여행길
반쯤 졸면서 들어간 카지노
담배연기에 몽롱한 시선들이 붉다
내 나이에 베팅숫자 만큼이나
걸어놓은 비트코인
오렌지 색도 있고 콜라색도 있다
옆에서 들리는 동전소리들
뭔지 모르니 더 신난다
별나라 세상이다
문을 연다
알고리즘 흔드는 소리가
헛기침소리로 들려온다
누워서 떡먹기다
다른 여행이 또 시작되고
빨강색버스는 떠나고
노랑버스가 서 있다

적막

이슬을 밟을 때처럼 눅눅하다
밤새 쌓인 어둠을 끌어당긴다
오랫동안 앓았던 우울과 두통이 고스란히
아침을 삼키고 그르렁거린다
바이러스라는 단어가 기억에 머문다
삶의 주변에 서성거리며 깊고 어두운 곳
침묵하며 살고 있는 그들은
낮 속의 밤을 흘러 내린다
방향을 따라가며 후유증을 털어낸다
몸에 베인 습관들이 통통거리며 뛰어간다
되돌아보면 사라진다 바닥에 떨어진
편두통 증상은 거미줄처럼 엮여
템포가 빠르다 깊고 깊은 웅덩이
균형과 조화가 있는
어제 일어난 일을 되새겨 본다

아침 한때

불면증을 앓는 그 속에 앓고 있는 시간들
가끔 쓸모가 있어 옛날 모퉁이에 놓아둔
생각, 곰팡이 냄새가 자라나고 있다
노란곰팡이 색깔에 꽃을 피우고 있는
달빛 언저리에 흔적이 빛난다
한 상 잘 차린 상이 올라온다
물결무늬 시간 앞에서
마음의 깊이는 점점 얕아진다
여름이 가고 숨을 쉰다. 갑갑하다
골목바람이 불어온다
햇볕이 모자란 바람
같은 공간에 사는 빈 박스 하나가
가볍게 떨어지고 있다

전시회

코이케 류노스케 스님이 지은 책 속
머리말을 통째로 읽다가 문득
전시된 미술품보다 정교한 활자들
칠월에 널브려진 느티나무 생각만큼이나
짙은 낯설게 표현하는 버리기 연습
무소유에서 나오는 소유나 다름없는
분노와 탐욕 어리석음이 느껴지는
한 페이지 생각이 끌렸다
생각이 병을 치료할 수 없는 사이로
병은 마음의 고픔을 점검한다
부정적인 생각을 버리는 연습에서
말하기 듣기 보기 쓰기와 읽기
먹기 버리기도 있다 접촉하며 기르기
전시장의 핵심적인 주제가 되었다
초판 285쇄 발행 책 속에 활자가
상징성을 빛내고 있다
매표소에서 일만 이천원을 지불한
전시장 페이지 머리말을 읽고 있다

포인트

여유로움의 상징
최적의 거리
세상을 보는 일은
뛰어야 된다 숨은 쉴 수 있다
꽃도 본다 낙엽도 밟아보는 거리두기
눈동자를 굴린다 온 몸에 열기를 품고
그곳으로 끌린다 희비가 엇갈린 어두운
새벽이 온다 관계증명서에 찍힌 도장
시간이 가면 또 다른 시간이 간다
원점에서 원점으로 가는 길은 짧다
시곗바늘을 돌리는 일은 아무 의미가
없는 지천으로 늘린 시간이 모인다
북적거리던 거리가 조용해진다

숨을 쉰다

흉한 모습이 아름다운 노인이
여기 저기 보인다
시간이 갈수록 끈적이는 생
하루가 지나도 또 하루가 되는 날
연속극처럼 이어진다
흐린 날도 숨을 쉬고
맑은 날도 숨을 쉰다
숨을 쉰다는 것은 본래적 축복
오늘도 내일도 모래도
숨을 쉰다, 숨을 쉰다

홍어 삼합

소금 설탕 조미료
하늘 땅 사이에 공기
둥글게 어긋나야 되는
그 무엇도 그가 될 수 없는
시간과 공간과 적당한 수분
정말 몰랐어 나는 그것이 썩어야만
귀하다는 것을 똥도 아닌 그것이
빗금을 긋는 나이테는 순수한 나이
한 바퀴 돌아가는 접시에서
묵은 김치가 익어가고 있다